ANTOINE DE SAINT-EXUPÉRY

GEBETE DER EINSAMKEIT

Ins Deutsche übertragen von
Oswalt von Nostitz

KARL RAUCH VERLAG

Auswahl aus „Die Stadt in der Wüste"
Titel der französischen Originalausgabe
CITADELLE

1995
Einzelausgabe 109. Tausend

Herstellung Bercker Graphischer Betrieb GmbH Kevelaer
Printed in Germany
ISBN 3 7920 0008 3

GEBET FÜR CONSUELO

Herr, es ist nicht der Mühe wert, Dich zu sehr zu bemühen. Laß mich einfach so wie ich bin. Ich scheine in kleinen Dingen eitel zu sein, aber in großen Dingen bin ich bescheiden. Ich scheine in den kleinen Dingen egoistisch zu sein, in den großen aber bin ich fähig, alles zu geben, sogar mein Leben. Oft scheine ich in den kleinen Dingen unrein zu sein, doch glücklich bin ich nur in der Reinheit. Herr, mache mich immer derjenigen ähnlich, die mein Mann in mir sieht. Herr, behüte meinen Mann, weil er mich wahrhaft liebt und weil ich ohne ihn zu sehr verwaist wäre, aber mache, Herr, daß er als erster von uns beiden stirbt, weil er zwar sehr stark zu sein scheint, weil er sich aber zu sehr ängstigt, wenn er mich im Hause keinen Lärm machen hört. Herr, erspare ihm vor allem die Angst. Mache, daß ich in seinem Hause immer Lärm mache, selbst wenn ich von Zeit zu Zeit etwas zerschlagen muß.
Hilf mir, treu zu bleiben und die nicht zu sehen, die er verachtet oder haßt. Das würde ihm Unglück bringen, weil er sein Leben auf mich gebaut hat.
Behüte, Herr, unser Haus. Deine Consuelo.

Amen

GEBET DER EINSAMKEIT

Erbarme Dich meiner, o Herr, denn meine Einsamkeit lastet auf mir. Es gibt nichts, auf das ich wartete. Hier bin ich in dieser Kammer, in der nichts zu mir spricht. Und doch wünsche ich nicht die Gegenwart der Menschen herbei, denn ich weiß mich noch verlorener, wenn ich in der Menge untertauche. Aber sieh jene andere, die mir gleicht und die sich in eben solch einer Kammer befindet und sich doch glücklich fühlt, wenn die Menschen, denen ihre Zärtlichkeit gehört, anderswo im Hause geschäftig sind. Sie hört sie nicht und sieht sie nicht. Sie empfängt nichts von ihnen im Augenblick. Aber um glücklich zu sein, genügt es ihr zu wissen, daß ihr Haus bewohnt ist.
Herr, auch ich erwarte nicht etwas, das ich sehen oder hören könnte. Deine Wunder sind nicht für die Sinne. Doch um mich zu heilen, genügt es, wenn Du meinen Geist erleuchtest, so daß ich mein Heim verstehe.

Wenn der Wanderer in seiner Wüste einem bewohnten Hause angehört, so freut er sich dessen, obwohl er weiß, daß es am anderen Ende der Welt liegt. Keine Entfernung hält ihn davon ab, sich von ihm nähren zu lassen, und wenn er stirbt,

stirbt er in der Liebe ... Ich erwarte also nicht einmal, Herr, daß mein Heim mir nahe sei.

Sieh den Spaziergänger, dem in der Menge ein Gesicht auffällt. Er verwandelt sich, selbst wenn das Gesicht für ihn nicht bestimmt ist. So geht es jenem Soldaten, der in die Königin verliebt ist. Er wird Soldat einer Königin. Ich erwarte also nicht einmal, Herr, daß jenes Heim mir verheißen sei.

Auf den weiten Meeren gibt es glühende Schicksale, die sich einer gar nicht vorhandenen Insel geweiht haben. Sie singen, während sie auf dem Schiffe sind, die Hymne der Insel und fühlen sich glücklich dabei. Nicht die Insel ist es, die sie glücklich macht, sondern der Gesang. Ich erwarte also nicht einmal, Herr, daß jenes Heim überhaupt bestehe ...

Die Einsamkeit, Herr, ist nur Frucht des Geistes, wenn er krank ist. Er bewohnt nur ein Vaterland, das der Sinn der Dinge ist. So ist es mit dem Tempel, wenn er Sinn der Steine ist. Nur für diesen Raum hat der Geist Flügel. Er freut sich nicht über die Dinge, sondern allein über das Gesicht, das man durch sie hindurch erkennt und das sie miteinander verknüpft. Gib nur, daß ich zu erkennen lerne.

Dann, Herr, wird meine Einsamkeit überstanden sein.

Nichts war zu sehen als eine Barke, die sich fern auf dem ruhigen Meere verlor.
Gewiß, o Herr, es gibt eine andere Stufe, von der aus mir der Fischer dort in seiner Barke, der aus den Wassern das Brot der Liebe für Frau und Kind oder seinen Hungerlohn gewinnt, als Flamme der Inbrunst oder Inbegriff des Zornes erschiene. Oder es könnte sich mir auch das Übel zeigen, an dem er vielleicht stirbt und das ihn erfüllt und ihn brennt.
Kleinheit des Menschen? Wo siehst Du die Kleinheit? Du mißt den Menschen nicht mit dem Feldmaß. Hingegen wird alles unermeßlich, sobald ich die Barke betrete.
Damit ich mich kennenlerne, genügt es, Herr, daß Du den Anker des Schmerzes in mir auswirfst. Du ziehst an der Leine, und da erwache ich.
Vielleicht leidet der Mann in der Barke unter der Ungerechtigkeit. Das Schauspiel bleibt unverändert. Die gleiche Barke. Die gleiche Stille über den Wassern. Der gleiche müßige Tag.
Was kann ich von den Menschen empfangen, wenn ich mich nicht demütige für sie.
Herr, verbinde mich wieder dem Baume, von dem ich stamme.

Ich bin ohne Sinn, wenn ich noch weiter allein bleibe. Gib, daß sie sich auf mich stützen! Daß ich mich auf den anderen stütze! Zwinge mich durch Deine Ordnungen! Hier bin ich aufgelöst und vorläufig.

HYMNE AUF DIE STILLE

Stille, du Musikantin der Früchte! Die du die Keller, die Kammern und Speicher bewohnst! Du Gefäß voller Honig, den der Fleiß der Bienen ansammelt! Du Ruhe des Meeres in seiner Fülle!
Stille, in die ich die Stadt von der Höhe der Berge einschließe, ihren verstummten Wagenlärm, ihre Schreie und den hellen Klang ihrer Schmiedehämmer! Alle diese Dinge sind schon im Gefäße des Abends aufgehoben. Gott wacht über unserem Fieber, sein Mantel breitet sich über die Unruhe der Menschen.
Stille der Frauen, die nur noch Fleisch sind, in dem die Frucht reift! Stille der Frauen unter dem Vorrat ihrer schweren Brüste! Stille der Frauen, in der alle die Eitelkeiten des Tages und des Lebens, das die Garbe der Tage ist, zur Ruhe kamen! Stille der Frauen, die Heiligtum ist und Fortdauer! Stille, in der sich, dem kommenden Tage entgegen, der einzige Lauf vollzieht, der einem Ziele entgegenführt! Sie hört das Kind, das in ihrem Leibe stößt. Stille, Verwahrerin, in die ich meine ganze Ehre und mein ganzes Blut einschloß.
Stille des Menschen, der sich aufstützt und nachdenkt, der fortan ohne Aufwand empfängt und dem Gehalt seiner Gedanken eine Form gibt. Stille,

die ihn erkennen läßt und seine Unwissenheit möglich macht, denn zuweilen ist es gut, daß er nicht weiß. Stille, die sich den Würmern, den Schmarotzern und den schädlichen Gräsern versagt. Stille, die dich bei der Entfaltung deiner Gedanken behütet.

Stille, die selbst die Gedanken erfüllt. Ruhe der Bienen, denn der Honig ist bereitet und soll nur noch ein vergrabener Schatz sein. Und ein Schatz, der reift. Stille der Gedanken, die ihre Flügel breiten, denn es ist schlecht, wenn du in deinem Geiste oder deinem Herzen unruhig bist.

Stille des Herzens. Stille der Sinne. Stille der inneren Worte, denn es ist gut, wenn du Gott wiederfindest, der die Stille im Ewigen ist. Wenn alles gesagt, wenn alles getan ist.

Stille Gottes, die dem Schlafe des Hirten gleicht: obwohl dann die Lämmer von den Schafen bedroht zu sein scheinen, ist es der süßeste Schlaf, wenn es keinen Hirten und keine Herde mehr gibt! Denn wer vermöchte sie voneinander zu unterscheiden unter den Sternen, wenn alles Schlaf ist, wenn alles ein einziger wollener Schlaf ist.

O Herr! Möchtest Du eines Tages, wenn Du unsere Schöpfung in die Scheuer einbringst, jenes große Tor für die geschwätzige Rasse der Menschen öffnen; möchtest Du ihnen im ewigen Stall ihren

Platz weisen, wenn die Zeiten vollendet sind, und unseren Fragen ihren Sinn nehmen, wie man die Krankheiten heilt.
Denn es ist mir vergönnt zu begreifen, daß aller Fortschritt des Menschen in der Entdeckung besteht, wie seinen Fragen, einer nach der anderen, kein Sinn innewohnt; habe ich doch meine Weisen befragt, und sie haben nicht etwa einige Antworten auf die Fragen des letzten Jahres gefunden — nein, Herr, sie lächeln heute über sich selber, denn die Wahrheit kam ihnen als das Auslöschen einer Frage.
Ich weiß wohl, Herr, daß die Weisheit nicht in der Antwort besteht, sondern daß sie von der wetterwendischen Sprache erlöst. Und das gilt auch für die Liebenden, die auf der niedrigen Mauer vor der Orangenpflanzung sitzen, Schulter an Schulter mit baumelnden Beinen, und genau wissen, daß sie auf die Fragen keine Antwort erhielten, die sie gestern gestellt haben. Ich kenne aber die Liebe und weiß: sie besteht darin, daß keine Frage mehr gestellt wird. Und ich überwinde Gegensatz um Gegensatz und schreite auf die Stille aller Fragen zu; so finde ich die Seligkeit.
O die Schwätzer! Wie sehr haben sie die Menschen verdorben.
Der ist töricht, der von Gott eine Antwort erwartet. Wenn Er dich aufnimmt, wenn Er dich heilt,

so geschieht es, weil Er mit Seiner Hand deine Fragen gleich dem Fieber von dir nimmt. So ist es.
Herr, wenn Du Deine Schöpfung eines Tages in die Scheuer einbringst, so öffne das doppelte Scheunentor und laß uns dort eintreten, wo nicht mehr geantwortet wird, denn dort gibt es keine Antwort mehr, aber die Seligkeit, die der Schlußstein der Fragen ist, und die Schau, die befriedigt.
Und jener Liebende wird die Weite des süßen Wassers entdecken, die umfassender ist als die Weite des Meeres, und er wird gewahr werden, daß ihn seine Ahnung nicht trog, als er das Rauschen der Brunnen hörte, als er die Beine baumeln ließ und sich an die Geliebte schmiegte, die doch nur eine zu Tode gehetzte Gazelle war und ein wenig aufatmete an seinem Herzen.
Stille, Hafen des Schiffes. Stille in Gott, Hafen aller Schiffe.

HYMNE AN DIE NACHT

Es wurde Nacht, und so bist du ein Schiff im Strome der Zeit. Jene Helle des Morgens, des Mittags und des Abends ist über dich hinweggezogen wie eine Brutzeit, die die Dinge ein wenig vorangetrieben hat. Dann kam der schweigende Aufschwung der Nacht nach dem Tagwerk der Sonne. Gut geölte Nacht und den Träumen anheimgegebene, denn nur die Arbeiten schreiten in ihr fort, die sich von ganz allein vollziehen wie bei einer heilenden Wunde, bei der Aufbereitung der Säfte oder beim eingeübten Schritt der Schildwache; Nacht, den Mägden preisgegebene, denn der Herr ist schlafen gegangen. Nacht, in der du die Fehler wiedergutmachen kannst, die sich durch sie auf den Tag übertragen. Und ich, die Nacht, wenn ich Sieger bin, vertage meinen Sieg auf morgen.

Nacht der Trauben, die die Lese erwarten, der durch die Nacht verschonten Trauben. Nacht der aufgeschobenen Ernten. Nacht der umzingelten Feinde, deren Übergabe ich erst am Tage entgegennehme. Nacht der Einsätze im Spiel, doch der Spieler ist schlafen gegangen. Der Kaufmann ist schlafen gegangen, aber er hat dem Nachtwächter Weisung erteilt, der seine hundert Schritte geht.

Der General ist schlafen gegangen, aber er hat den Schildwachen seine Weisung erteilt. Der Kapitän ist schlafen gegangen, aber er hat dem Steuermann seine Weisung erteilt. Und der Steuermann begleitet den Orion, der an der rechten Stelle im Mastwerk einherwandert. Nacht der richtig erteilten Weisungen und der vertagten Schöpfungen.

Zugleich aber auch Nacht, in der sich ein unehrliches Spiel treiben läßt. In der sich die Felddiebe der Früchte bemächtigen. In der sich die Feuersbrunst der Speicher bemächtigt. In der sich der Verräter der Zitadelle bemächtigt. Nacht der großen Schreie, die widerhallen. Nacht der Klippen, die das Schiff bedrohen. Nacht der Begegnungen und Wunder. Nacht der Weckrufe Gottes, der dir den Schlaf stiehlt, denn du kannst lange auf die Geliebte warten, wenn du erwacht bist.

Nacht, in der du ein Knacken vernimmst, Nacht, in der ich stets jenes Knacken der Knochenwirbel gehört habe, gleichsam als stammte es vom unbekannten Engel, den ich hier und dort in meinem Volke spüre und den es eines Tages zu befreien gilt.

Nacht der empfangenen Samen.

Nacht der Geduld Gottes.

GEBETE DES HERRSCHERS DER STADT IN DER WÜSTE

Herr, mein Mantel ist zu kurz, und ich bin ein schlechter Hirte, der sein Volk nicht zu behüten vermag. Ich befriedige die Bedürfnisse der einen und benachteilige dabei die anderen.

Herr, ich weiß, daß jedes Streben schön ist. Das Streben nach Freiheit und das nach Zucht. Das Streben nach Brot für die Kinder und nach dem Opfer des Brotes. Das Streben nach der prüfenden Wissenschaft und nach der geheiligten Ordnung, die vergöttlicht, und nach der Aufspaltung, die ausgleicht. Das Streben nach der Zeit, die das Nachsinnen ermöglicht, und nach der Arbeit, die die Zeit ausfüllt. Das Streben nach der Liebe durch den Geist, der das Fleisch züchtigt und den Menschen wachsen läßt, und nach der Barmherzigkeit, die die Wunden verbindet. Das Streben nach der Zukunft, die es zu bauen, und nach der Vergangenheit, die es zu bewahren gilt. Das Streben nach dem Kriege, der die Samenkörner aussät, und nach dem Frieden, der die Ernte einbringt.

Ich weiß aber auch, daß jene Streitigkeiten nur Streitigkeiten der Sprache sind und daß sie der Mensch jedesmal, wenn er sich aufschwingt, von

einer etwas höheren Warte aus sieht. Und dann ist kein Streit mehr.
Herr, leihe mir ein Stück Deines Mantels, damit ich alle Menschen mit der Last ihrer großen Sehnsucht darunter berge! Ich bin es müde, aus Furcht, daß sie mein Werk zerstören, alle die zu erwürgen, die ich nicht zu bedecken vermag. Denn ich weiß, daß sie ihre Mitmenschen und die umstrittenen Wohltaten meiner vorläufigen Wahrheiten gefährden, aber ich weiß zugleich, daß auch sie edel sind und Wahrheiten zu künden haben.
Herr, ich will, daß meine Krieger edel werden, ich will die Schönheit meiner Tempel begründen, gegen die sich die Menschen austauschen können und die ihrem Leben einen Sinn geben. Doch als ich heute abend in der Einöde meiner Liebe einherging, begegnete ich einem kleinen Mädchen in Tränen. Ich bog seinen Kopf zurück, um in seinen Augen zu lesen. Und sein Kummer hat mich geblendet. Wenn ich es ablehne, Herr, ihn kennenzulernen, lehne ich einen Teil der Welt ab und habe mein Werk nicht vollendet. Es geht nicht darum, daß ich mich von meinen großen Zielen abwende, aber es gilt, dieses kleine Mädchen zu trösten! Denn nur dann geht alles gut in der Welt. Auch das kleine Mädchen ist Sinnbild der Welt.

Erleuchte mich, Herr. Laß mich an Weisheit zunehmen, damit ich versöhne: laß mich dabei nicht, wie es die einen oder die anderen verlangen, irgendeinen Wunsch ihrer Inbrunst preisgeben, sondern ihnen ein neues Gesicht zeigen, das ihnen als ein gleiches erscheint. So ist es auch mit dem Schiff, o Herr. Die einen ziehen die Taue nach Backbord, ohne daß sie's verstünden, und kämpfen gegen die anderen, die nach Steuerbord ziehen. In ihrer Unwissenheit würden sie sich hassen. Wenn sie jedoch voneinander wissen, arbeiten sie zusammen und dienen beide dem Winde.

Der Friede ist ein Baum, der eines langen Wachstums bedarf. Gleich der Zeder müssen wir noch vieles Gestein aufsaugen, um ihm seine Einheit zu schaffen . . .

Den Frieden bauen, heißt den Stall weit genug bauen, damit die ganze Herde darin schlafe. Es heißt, den Palast weit genug bauen, damit sich alle Menschen in ihm vereinen können, ohne etwas von ihrem Gepäck preiszugeben. Es geht nicht darum, sie zu verstümmeln, damit sie darin Platz haben. Den Frieden bauen, heißt von Gott erlangen, daß Er Seinen Hirtenmantel herleiht, damit Er die Menschen in der ganzen Weite ihrer Wünsche umfange.

Genau so wie die Mutter, die ihre Söhne liebt. Auch den, der schüchtern und zart ist. Und den anderen, der vor Lebenslust glüht. Und den, der vielleicht bucklig und schwächlich und unwillkommen ist. Aber sie alle in ihrer Verschiedenheit bewegen Sein Herz. Und alle in der Verschiedenheit ihrer Liebe dienen Seiner Herrlichkeit.
Aber der Friede ist ein Baum, der sich nur langsam aufbaut. Er braucht dazu mehr Licht, als ich habe. Und nichts ist noch offenbar. Und ich erwähle oder verwerfe. Es wäre zu leicht, Frieden zu stiften, wenn sie sich alle schon gleich wären.

Mein geliebtes Volk: Eine Frage trat mir vor Augen, als ich mich auf dem Berge ausruhte, der mich umschloß wie ein Mantel aus Stein. Es war ein langsamer Brand, von dem mich nur noch der Rauch und der Lichtschein erreichten.

Wohin gehen sie? Wohin soll ich sie führen, Herr? Wenn ich sie regiere, werden sie sich selber gleichen. Ich kenne kein Regiment, Herr, das nicht den Gegenstand seiner Obhut verhärtet. Und was soll ich mit einem Samenkorn anfangen, wenn es nicht nach dem Baume strebt? Und was soll ich mit einem Flusse anfangen, wenn er nicht nach dem Meere strebt? Und mit einem Lächeln, Herr, wenn es nicht nach der Liebe strebt?

Aber mit meinem Volke?

O Herr, von Geschlecht zu Geschlecht haben sie sich geliebt. Sie haben ihre Gedichte ersonnen. Sie haben sich Häuser gebaut, sie haben sie mit ihren Teppichen aus langhaariger Wolle behängt. Sie haben sich fortgepflanzt. Sie haben ihre Kleinen aufgezogen und die verbrauchten Generationen verwahrt in den Körben Deiner Weinlese.

Sie haben sich an den Festtagen versammelt. Sie haben gebetet. Sie haben gesungen. Sie sind gelaufen. Sie haben sich von ihrem Lauf ausgeruht.

Schwielen sind ihnen an den Handflächen entstanden. Ihre Augen haben gesehen, waren voller Staunen, dann füllten sie sich mit Finsternis. Sie haben sich auch gehaßt. Sie haben sich untereinander entzweit. Sie haben sich zerfleischt. Sie haben die Fürsten gesteinigt, die ihrem eigenen Stamme entsprossen waren. Dann haben sie deren Plätze eingenommen und einander gesteinigt. O Herr, wie sehr gleicht ihr Hassen, ihr Verdammen, ihr Foltern einem dumpfen und düsteren Ritual! O Herr, von meiner Höhe aus erschrak ich darüber nicht, glich es doch dem Knarren und Krachen des Schiffes. Oder dem Schmerze des Gebärens. Herr, so stoßen auch die Bäume einander und erdrücken und ersticken sich, da sie zur Sonne streben. Gleichwohl kann man von der Sonne sagen, daß sie den Frühling aus dem Boden zieht und sich von den Bäumen verherrlichen läßt. Und der Wald setzt sich aus Bäumen zusammen, obwohl sich alle darin feind sind. Und der Wind lockt sein Loblied aus dieser Harfe hervor. O Herr, was könnte ich von ihnen in ihrer Vielfalt erfahren, wenn ich kurzsichtig wäre und die Nase allzu dicht daraufdrückte? Nun aber ruhen sie. Aufgespart sind die lügnerischen Worte eine Nacht lang, eingeschlummert die Gelüste und Berechnungen, erschlafft die Eifersüchte. O Herr, nun lasse ich meinen Blick über die Arbeiten wandern, die sie unfertig zurückließen, und wie an der Schwelle der Wahrheit werde ich durch eine Bedeutung verwirrt, die sich mir noch nicht erschlossen hat und die ich freilegen muß, damit sie ins Dasein trete.

Herr, wenn mein Maler malt, was wissen dann seine Finger, sein Ohr oder sein Haar? Oder seine Knöchel oder seine Hüfte oder sein Arm? Nichts. Das kommende Werk zieht ihre Bewegungen an sich und entsteht in seiner Glut aus so vielen einander widerstreitenden Wünschen. Doch einer, der kurzsichtig ist und die Nase allzu dicht daraufdrückt, erkennt nur unzusammenhängende Bewegungen, Kratzer des Pinsels oder Farbflecken. Und was wissen die Nagelschmiede oder die Brettschneider von der Majestät des Schiffes? So auch mein Volk, wenn ich es aufspalte. Was erkennen der Geizhals und der Reiche mit dem schweren Bauche und der Minister und der Henker und der Hirte? Ganz ohne Zweifel: Wenn es einen gibt, der klarer sieht, so ist es der Mann, der die Tiere zur Tränke führt, oder die Frau, die niederkommt, oder jener Sterbende; nicht aber der Gelehrte, nicht der Verkümmerte mit Tintenfingern, denn sie kennen nicht die Langsamkeit. Und sie dienen nichts Wesentlichem, während einer, der sein Brett hobelt, es werden sieht und dadurch wächst.

Ich sah Tempel unter Mißachtung des Herkömmlichen emporwachsen, nur durch die menschlichen

Begehrlichkeiten. Ich sah die Sklaven Steine karren, gepeitscht von den Galeerenaufsehern. Ich sah den Führer einer Belegschaft Unterschlagungen an den Löhnen verüben. O Herr, wenn ich kurzsichtig war und die Nase allzu dicht daraufdrückte, habe ich nie etwas anderes gesehen als Feigheit, Torheit und Gewinnsucht. Doch vom Berge aus, auf dem ich niedersitze, gewahre ich jetzt den Aufstieg eines Tempels im Lichte.

O Herr! Ich mache mich zu Weg und Gefährt. Ich komme und gehe. Ich pflüge mein Feld mit Pferd oder Esel, in zäher Geduld. Ich kenne nur die Erde, die ich umwende, und in meiner geknoteten Schürze den Staub der Samenkörner, der über meine Finger rieselt. An Dir ist es, den Frühling zu erfinden und die Ernten ablaufen zu lassen, gemäß Deiner Herrlichkeit.

Warum zwingst Du mich, Herr, zu dieser Durchquerung der Wüste? Ich plage mich inmitten der Dornen. Es bedarf nur eines Zeichens von Dir, damit sich die Wüste verwandelt, damit der blonde Sand und der Horizont und der große stille Wind nicht mehr nur eine unzusammenhängende Summe, sondern ein weites Reich bilden, an dem ich mich begeistere und durch das hindurch ich Dich erkenne.

O Herr, wenn ich diese meine Frau hüllenlos dort schlafen sehe, so wird es mich erfreuen, wenn sie schön ist und feine Gelenke und warme Brüste hat, und warum sollte ich mir meinen Lohn nicht holen?
Ich aber habe Deine Wahrheit verstanden. Es kommt darauf an, daß die Schläferin, die ich bald dadurch aufwecken werde, daß ich nur meinen Schatten über sie neige, nicht die Mauer bedeutet, an die ich stoße, sondern die Tür, die anderswohin führt — und daß ich sie nicht in verschiedene Bestandteile zerstreue, während ich den unerreichbaren Schatz suche, sondern sie wohlgefügt und als Einheit berge im Schweigen meiner Liebe.
Wenn ich sie um ihrer selbst willen betrachten wollte, würde ich ihrer sofort müde werden und anderswo auf die Suche gehen. Denn sie ist weniger schön als eine andere oder hat einen schlechten Charakter, und selbst wenn sie scheinbar vollkommen ist, bleibt doch bestehen, daß sie nicht jenen Glockenton erklingen läßt, dessen Sehnsucht ich spüre; es bleibt bestehen, daß sie die Worte »Du, mein Gebieter« ganz verkehrt ausspricht — diese Worte, die auf den Lippen einer anderen zu einer Musik für das Herz wurden.

Doch schlafe nur getrost in deiner Unzulänglichkeit, du meine unvollkommene Gefährtin. Ich stoße mich nicht an deiner Mauer. Du bist nicht Ziel und Belohnung oder ein Schmuckstück, das man um seiner selbst willen verehrt und das mich sofort langweilen würde: Du bist Weg und Gefährt und Beförderung. Und ich bin es niemals müde, zu *werden.*

O Herr, nachdem ich mein Volk nach besten Kräften unterwiesen habe, will ich nun für mich selber beten. Denn ich habe von Dir zuviel Arbeit empfangen, um mich diesem oder jenem bestimmten Menschen anzuschließen, den ich hätte lieben können, und ich mußte mich schon solchen Umgangs entwöhnen, der allein die Freuden des Herzens gewährt. Denn hier und nicht anderswo sind Wiedersehen süß und die Klänge besonderer Stimmen und die kindlichen Geständnisse der Frau, die ihr verlorenes Schmuckstück zu beweinen glaubt, während sie doch schon den Tod beweint, der von allen Schmuckstücken trennt. Aber Du hast mich zum Schweigen verurteilt, damit ich jenseits des Windes der Worte deren Sinn erfasse; da es ja meines Amtes ist, mich der Angst der Menschen anzunehmen, von der ich sie zu heilen beschloß.

Gewiß, Du hast mir die Zeit, die ich sonst im Geschwätz zugebracht hätte, und die Hölle der Worte über das verlorene Schmuckstück ersparen wollen — und niemand wird je von solchen Zwisten befreit werden, geht es doch dabei nicht um ein Schmuckstück, sondern um den Tod. So ist es auch mit den Worten über die Freundschaft oder die

Liebe. Denn Liebe oder Freundschaft verknüpfen sich wahrhaft nur in Dir allein, und es beruht auf Deiner Entscheidung, daß ich nur durch Dein Schweigen an ihnen teilhaben kann.
Was werde ich empfangen, da ich weiß, daß es Deiner Würde nicht ansteht, ja nicht einmal Deiner Fürsorge, mich auf meiner Stufe zu besuchen, und da ich mir nichts vom Puppenspiel der Erzengelerscheinungen verspreche? Denn ich, der ich mich nicht an diesen oder jenen wende, sondern an den Ackersmann wie an den Hirten — ich habe viel zu geben, aber nichts zu empfangen. Und wenn es sich auch erweist, daß mein Lächeln die Schildwachen trunken macht, weil ich der König bin und in mir das Reich sich verknüpft, das aus ihrem Blute gemacht ist, und weil so durch mich hindurch das Reich ihr eigenes Blut mit meinem Lächeln vergilt — was habe ich, o Herr, von ihrem Lächeln zu erwarten? Von den einen wie von den anderen verlange ich für mich keine Liebe, und es kümmert mich wenig, ob sie mich nicht kennen oder mich hassen, sofern sie mich nur als den Weg achten, der hinführt zu Dir. Denn die Liebe, ich fordere sie allein für Dich, dem sie gehören, wie ich Dir gehöre, und für den sie die Regungen der Anbetung zur Garbe knüpfen und Dir überantworten, so wie ich dem Reiche, nicht aber mir selber, den Kniefall meiner Schildwache überant-

worte, denn ich bin nicht Mauer, sondern Tätigkeit des Samenkorns, das aus der Erde Blätter und Zweige hervortreibt für die Sonne.

Mich überkommt daher zuweilen, da es ja für mich keinen König gibt, der mich mit einem Lächeln entlohnen könnte, und es mir obliegt, derart weiterzuwandern bis zu der Stunde, da Du die Gnade haben wirst, mich zu empfangen und mich mit denen zu vereinen, die ich liebe — mich überkommt daher zuweilen die Müdigkeit des Alleinseins und das Bedürfnis, mich wieder zu den Menschen meines Volkes zu gesellen, denn ich bin ohne Zweifel noch nicht rein genug.

Da ich den Gärtner für glücklich halte, der mit seinem Freunde verbunden war, befällt mich manchmal das Verlangen, mich so, im Einklang mit ihrem Gotte, den Gärtnern meines Reiches anzuschließen. Und es kommt vor, daß ich langsamen Schrittes, kurz bevor es zu tagen beginnt, die Stufen meines Palastes zum Garten hinuntersteige. Ich gehe auf die Rosenstöcke zu. Prüfend betrachte ich dies und das, neige mich aufmerksam über einen der Stengel, ich, der ich, wenn der Mittag gekommen ist, über Gnade oder Tod, über Krieg oder Frieden, über Fortbestand oder Zerstörung des Reiches entscheiden werde. Dann richte ich mich mühsam auf von meiner Arbeit, denn ich werde alt, und sage ganz einfach in meinem Herzen, um mich auf dem einzigen wirksamen Wege mit ihnen zu vereinigen, zu allen Gärtnern, den lebenden und den toten: „Auch ich habe heute früh meine Rosenstöcke beschnitten.“ Und bei solch einer Botschaft kommt es wenig darauf an, ob sie jahrelang unterwegs ist oder nicht, ob sie diesen oder jenen erreicht oder nicht. Darin besteht das Ziel der Botschaft nicht. Um mich mit meinen Gärtnern zu vereinen, habe ich nur ihren Gott gegrüßt: den Rosenstock beim Anbruch des Tages.

Herr, so ist es auch mit meinem vielgeliebten Feinde, den ich erst jenseits meiner selbst wiederfinden werde. Und für den dasselbe gilt, da er mir gleicht. Ich übe daher Gerechtigkeit entsprechend meiner Weisheit. Und er übt Gerechtigkeit entsprechend seiner Weisheit. Beide scheinen einander zu widerstreiten, und wenn sie sich die Stirn bieten, nähren sie unsere Kriege. Doch er und ich, wir folgen auf entgegengesetzten Wegen mit unseren tastenden Händen den Kraftlinien des gleichen Feuers. In Dir allein, Herr, finden sie sich zusammen.

Mein Werk ist also getan, ich habe die Seele meines Volkes verschönt. Sein Werk ist getan, er hat die Seele seines Volkes verschönt. Und ich, der ich an ihn denke, und er, der an mich denkt, obwohl keine Sprache sich uns darbietet für unsere Begegnungen — wenn wir gerichtet oder das Zeremoniell bestimmt oder gestraft oder vergeben haben, dann können wir sprechen, er für mich wie ich für ihn: »Heute früh habe ich meine Rosenstöcke beschnitten . . .«

Denn Du bist, o Herr, das gemeinsame Maß für den einen wie für den anderen. Du bist der Knoten, der alles vielfältige Tun bestimmt.

GEBETE VOR DEM TODE

Gib mir den Frieden des Stalles, sprach ich zu Gott, den Frieden der geordneten Dinge, der eingebrachten Ernte. Laß mich sein, da ich mein Werden vollendet habe. Ich bin der Klagen meines Herzens müde. Ich bin zu alt, um all meine Zweige wieder zu beginnen. Nacheinander habe ich meine Freunde und meine Feinde verloren, und traurige Mußestunden werfen ihr Licht auf meinen Weg. Ich weilte in der Ferne, ich bin heimgekehrt, ich blickte um mich: da fand ich die Menschen wieder, wie sie sich um das Goldene Kalb scharten! Sie nahmen nicht Anteil, sondern waren töricht. Und die Kinder, die heute geboren werden, sind mir fremder als junge Barbaren ohne Religion. Ich bin von nutzlosen Schätzen schwer, wie wenn mich eine Musik erfüllte, die niemals mehr verstanden werden wird.

Ich habe mein Werk im Walde mit der Axt des Holzfällers begonnen und war trunken vom Lobgesang der Bäume. So muß man sich in einen Turm einschließen, um gerecht sein zu können. Jetzt aber, da ich die Menschen aus zu großer Nähe sah, bin ich müde.

Erscheine mir, Herr, denn alles ist schwer, wenn der Geschmack an Gott verlorengeht!

Ich bejahe als vorläufige Wahrheiten, Herr, und obwohl es nicht meiner Stufe gemäß ist, ihre Grundlagen zu unterscheiden, die einander widersprechenden Wahrheiten des Soldaten, der zu verwunden, und des Arztes, der zu heilen sucht. Ich wünsche nicht, daß man nur maßvoll heile oder verwunde. Ich züchtige den Arzt, der seine Hilfe verweigert, ich züchtige den Soldaten, der Hieb und Stoß verweigert. Und es kümmert mich wenig, ob die Worte einander die Zunge zeigen. Denn es zeigt sich, daß allein diese Falle, die sich aus verschiedenen Bestandteilen zusammensetzt, meine Beute in ihrer ganzen Einheit zu erfassen vermag — meine Beute, die aus diesem bestimmten Menschen von dieser bestimmten Eigenheit besteht und aus keinem anderen.

Ich forsche, im Finsteren tappend, nach Deinen göttlichen Kraftlinien. Und da es mir an Beweisen fehlt, die nicht meiner Stufe angemessen sind, sage ich, daß ich mit der Wahl der Riten des Zeremoniells im Rechte bin, wenn sich herausstellt, daß ich mich dadurch befreie und daß ich darin atme. So ist es mit meinem Bildhauer, den ein bestimmter Daumendruck nach links hin befriedigt, obwohl er nicht weiß warum. Denn nur auf diese Weise meint er seinem Lehme Macht zu verleihen.

Ich komme zu Dir nach Art des Baumes, der sich entwickelt, wie es den Kraftlinien eines Samenkorns entspricht. Der Blinde, Herr, weiß nichts vom Feuer. Aber es gibt beim Feuer Kraftlinien, die man mit den Handflächen spürt. Und er wandert durch Dornen hindurch, denn jede Wandlung ist schmerzlich. Herr, ich komme zu Dir, gemäß Deiner Gnade, auf dem Hange, der mir zum Werden verhilft.

Eisig, o Herr, ist zuweilen meine Einsamkeit. Und ich begehre nach einem Zeichen in der Wüste meiner Verlassenheit. Doch im Laufe eines Traumes hast Du mich belehrt. Ich habe begriffen, daß jedes Zeichen eitel ist, denn gehörtest Du meiner Stufe an, so zwängest Du mich nicht zum Wachsen. Und was vermag ich anzufangen mit mir, o Herr, so wie ich bin?

Darum wandere ich und forme Gebete, auf die keine Antwort erteilt wird, und habe als Führung, so blind bin ich, nur eine schwache Wärme auf meinen zerschundenen Handflächen, und doch lobe ich Dich, Herr, weil Du mir nicht antwortest, denn wenn ich gefunden habe, was ich suche, Herr, wird mein Werden vollendet sein.

Wenn Du in all Deiner Gnade mit dem Schritt des Erzengels auf den Menschen zugingest, würde der Mensch vollendet sein. Er würde nicht mehr sägen, nicht mehr schmieden, nicht mehr kämpfen, nicht mehr die Kranken pflegen. Er würde nicht mehr die Geliebte lieben. O Herr, würde er so weit abschweifen, daß er Dich durch den Nächsten hindurch mit seiner Liebe ehrte, wenn er Dich auch nur anschauen dürfte? Ist der Tempel einmal gebaut, so sehe ich den Tempel und keine Steine.

Herr, alt bin ich nun und spüre die Schwäche der Bäume, wenn der Winter stürmt. Müde meiner Feinde wie meiner Freunde. Unbefriedigt in meinem Denken, weil ich gezwungen bin, zugleich zu töten und zu heilen, denn von Dir kommt mir das Bedürfnis, alle Gegensätze zu beherrschen, und das macht mein Los so grausam. Und doch bin ich auf diese Weise genötigt, durch immer weniger Fragen über den Tod allen Fragens hinweg Deiner Stille entgegenzusteigen.
Herr, habe die Gnade, aus uns die Einheit zu bilden für Deine Herrlichkeit, und laß mich schlafen in der Tiefe jener Sandwüsten, darin ich gute Arbeit vollbracht habe!

Wenn ich sterben werde.
Herr, ich komme zu Dir, denn ich habe in Deinem Namen den Acker bestellt. Dein ist die Saat.
Ich habe diese Kerze gebildet. An Dir ist es, sie anzuzünden.
Ich habe diesen Tempel gebaut. An Dir ist es, sein Schweigen zu bewohnen.

Von der Geschichte

Der Kleine Prinz

gibt es auch eine
wunderschöne gebundene
Geschenkausgabe
im Großformat.
Illustriert
mit über 40 meist vierfarbigen,
teils ganzseitigen Bildern,
die der Autor selbst
gezeichnet und koloriert hat.

☆

Die farbige Geschenkausgabe
finden Sie in allen Buchhandlungen.
Fragen Sie bitte danach.
Jeder Buchhändler legt sie Ihnen gern
zur Ansicht vor.
Sie wird Ihnen bestimmt gefallen.